ODE
AUX MANES
DE LAMOIGNON
DE MALESHERBES,

MINISTRE D'ÉTAT

ET DÉFENSEUR DE LOUIS XVI.

PAR ANTOINE CUNYNGHAM,

AUTEUR DE POÉSIES DIVERSES.

Pertulit intrepidos ad fata novissima vultus.
OVID., *Métam.*

PARIS.

ARTHUS BERTRAND, LIBRAIRE,

ÉDITEUR DU VOYAGE AUTOUR DU MONDE PAR LE CAPITAINE DUPERREY,

RUE HAUTEFEUILLE, N° 23.

DE L'IMPRIMERIE DE RIGNOUX, RUE DES FRANCS-BOURGEOIS-S.-MICHEL, N° 8.

1828.

ODE

AUX MANES

DE LAMOIGNON

DE MALESHERBES.

Lorsque l'éloquent Démosthène,
Noble appui de la liberté,
Tonne dans la tremblante Athène
Contre un despote redouté;
Quand le rival de ce grand homme
Confond dans le sénat de Rome
Le plus fier des conspirateurs;
Du monde la voix unanime
Applaudit l'ardeur magnanime
De ces immortels orateurs.

1

Mais combien ta gloire est plus belle,
O Malesherbes généreux!
Toi de qui l'intrépide zèle,
Servant ton prince malheureux,
De ce père de la patrie,
Aux yeux de l'Europe attendrie,
Soutint les légitimes droits,
Et qui, bravant l'affreux orage,
Le défendit contre la rage
Des tyrans qui jugeaient les rois!

Oh! que, pour cet emploi sublime,
Le ciel t'avait bien préparé!
De bonne heure il te fit du crime
L'ennemi le plus déclaré.
Par ta jeune et mâle éloquence,
Protectrice de l'innocence,
Tu surpris l'auguste Thémis;
Et ton aurore fut l'exemple
De ces vieillards que dans son temple
Dès long-temps elle avait admis.

Tu voyais ton cinquième lustre
A peine toucher à sa fin,
De Paris le sénat illustre
T'appelle déja dans son sein :
Puis, au tribunal tutélaire (1)
Où présidait ton sage père,
Tu viens à ton tour présider;
Et son fils montre qu'il est digne
D'avoir, par un suffrage insigne,
La gloire de lui succéder.

Quelle sagacité profonde!
Quel zèle dans le magistrat!
Ton salut les atteste au monde,
Trop infortuné Monnerat!
Mille victimes déplorables
De ses soins toujours secourables
Comme toi ressentent l'effet;
Et, réparant tant d'injustices,
Il ne cherche de ses services
D'autre prix que le bien qu'il fait.

Plein de l'amour de la patrie,
Il combat tous ces novateurs
Qui, pour cette France chérie,
Proposaient leurs plans destructeurs.
Mais, ennemi du despotisme,
Son sincère patriotisme
A signalé les vrais abus;
Quand de sa plume qui les trace
L'exil, honorable disgrace,
Vient payer les nobles tributs (2).

Mais enfin son retour fait taire
Les clameurs de ses ennemis;
Bientôt après au ministère
Avec Turgot il est admis.
O bienfaits! ses mains équitables
Ouvrent ces prisons détestables
Où tant d'innocens sont plongés!
Il veut qu'à jamais on supprime
L'affreux cachet qui les opprime,
Sans que la loi les ait jugés!

Ah! si de ces hommes célèbres
La France avait cru les discours,
Sans doute de ses jours funèbres
Elle n'aurait point vu le cours.
Mais un aveuglement funeste
De toutes parts se manifeste,
Et l'on rejette leurs avis :
Louis même n'ose les suivre...
O Louis! tu cesses de vivre,
Pour ne les avoir point suivis!

De son pénible ministère
Déplorant l'inutilité,
D'une retraite volontaire
Il cherche la tranquillité.
Bois paisibles de Malesherbes,
Sous vos dômes frais et superbes
Recevez votre possesseur;
Et de vos vertes promenades,
Asiles chéris des Dryades,
Qu'il goûte l'aimable douceur.

Que cette agreste solitude,
Lamoignon, doit plaire à tes yeux!
L'amitié, l'amour et l'étude,
Tout s'unit pour charmer ces lieux.
Là, t'occupant d'écrits utiles,
L'art de rendre les champs fertiles
Est enrichi par tes travaux;
Et, dans ces champs, la bienfaisance
Signale partout ta présence
A l'humble habitant des hameaux.

Dans Tuscule où rit la nature,
De Cicéron tel fut le sort,
Lui qui montra ta vertu pure,
Mais non ton mépris de la mort.
A regret l'inflexible histoire
Nous le peint, après tant de gloire,
Tremblant sous l'affreux triumvir;
Tandis que les fureurs du crime
A cet effroi pusillanime
Ne purent jamais t'asservir.

Hélas! avant l'heure suprême,
Le Destin t'avait condamné
A voir des jours de ton roi même
Trancher le cours infortuné!
Déja sur son auguste tête
Fondait cette horrible tempête
Produite au sein de ses états,
Et qui, s'accroissant dans sa course,
Alla du midi jusqu'à l'ourse
Épouvanter les potentats.

Qui peut, ô sujets infidèles!
Vous exciter à ces forfaits?
Quoi! je vois vos mains criminelles
Qui s'arment contre les bienfaits!
En vain vos sacriléges guides
Couvrent leurs desseins parricides
Du masque de la liberté;
En vain Louis du rang suprême,
Devant leur insolence extrême,
Daigne descendre avec bonté:

C'est l'éclat seul qui l'environne
Qui révolte ces furieux;
Et si sa bonté les étonne,
Ils en sont plus audacieux.
Que dis-je! pour les satisfaire,
Pour calmer leur soif sanguinaire,
Son sang... leurs mains le répandront!...
Grand Dieu! sous la hache fatale,
Après la victime royale,
Que de victimes tomberont!

Le bruit du danger qui le presse,
Lamoignon, parvient jusqu'à toi;
Tu fuis tes bois, et ta tendresse
Te fait voler près de ton roi.
Mais, hélas! il n'est plus de digue
Qu'on puisse opposer à la ligue
Que forment ces mortels pervers;
Et bientôt leur sénat impie
Se rend l'arbitre de la vie
Du prince qu'il a mis aux fers!

Alors, ni les glaces de l'âge,
Ni le menaçant échafaud,
Rien n'intimide ton courage,
Tu cours le défendre aussitôt!
Et vous, noms chers à la mémoire,
De Sèze! Tronchet! avec gloire
A ses côtés vous paraissez :
Lamoignon tous deux vous appelle,
Et, pour cette cause immortelle,
Avec lui vous vous unissez.

Mais à votre éloquent langage
Les bourreaux de Louis sont sourds:
Eh! peut-on jamais, dans leur rage,
Fléchir les tigres et les ours?
Après un silence effroyable,
Soudain un juge impitoyable
A prononcé l'arrêt fatal!...
Lamoignon! tes sanglots, tes larmes
T'ont prêté d'inutiles armes
Contre leur sanglant tribunal.

Ta bouche alors de la sentence
Implore la suspension,
Et du peuple entier de la France
Réclame la décision (3).
Mais, hélas! ta prière est vaine!...
Ah! c'est que leur troupe inhumaine
Craignait un peuple généreux,
Un peuple qui chérit ses princes,
Et qui, de toutes ses provinces,
Eût élevé sa voix pour eux!

Que ton ame sensible et tendre,
Hélas! fait un cruel effort!
Toi-même à Louis viens apprendre
L'arrêt qui l'envoie à la mort.
Au fond de sa prison sinistre,
Ton amitié, digne ministre,
Plus d'une fois l'a consolé:
Maintenant, ô vertu chrétienne!
C'est lui qui ranime la tienne,
Et soutient ton cœur désolé!

Mais de cette force admirable
Qu'il eut surtout besoin, grand Dieu!
Quand sa famille déplorable
Lui dit un éternel adieu!
Ah! s'il eut ce rare courage,
Ce ne put être que l'ouvrage
D'une sainte religion :
Elle est, dans ces momens terribles,
Dans ces déchiremens horribles,
La seule consolation.

Peindrai-je la douleur mortelle
Qui saisit tes sens éperdus,
Quand Firmont t'apprit la nouvelle
Que Louis ne respirait plus!
Ce Firmont pieux et sublime,
Qui, suivant l'auguste victime,
Vit couler son sang précieux,
Et qui de ce sang qu'il adore
Se montra tout couvert encore
Alors qu'il parut à tes yeux!

De ces murs où périt ton maître,
Tu veux t'éloigner pour toujours,
Et dans ton asile champêtre
Tu vas cacher tes tristes jours.
Là, tu penses de cette vie,
Près de ta famille chérie,
Sortir tranquillement au moins.....
Malheureux!... espoir inutile!
Tes ombrages, ton doux asile
Des forfaits vont être témoins.

Vit-on, en ce temps exécrable,
L'honneur, les talens impunis?
Et comment n'être pas coupable?
Ta voix a parlé pour Louis!
De sbires une troupe horrible
Soudain dans ton séjour paisible
Te saisit d'un féroce bras;
Et tu vois, ô douleur extrême!
Tes filles, leurs époux, de même
Enchaînés par ces scélérats!

Tu la pressens, et ta vieillesse
Attend la mort sans se troubler;
Mais leurs vertus, mais leur jeunesse...
Voilà ce qui te fait trembler!
O nouveau crime, ordre barbare!
Au sein des fers on te sépare
De ces enfans infortunés;
Et lorsqu'enfin on vous rassemble,
C'est pour être bientôt ensemble
Au même supplice traînés!

C'est en vain que, pour le défendre,
Tu traces le plus juste écrit,
Les bourreaux sont prêts, et ton gendre,
Le noble Rosambo, périt.
Tes filles!... Dieux!... en ta présence!...
Ah! si les graces, l'innocence,
Barbares, ne vous touchent pas,
Qu'au moins votre main meurtrière
Épargne aux yeux sacrés d'un père
L'horreur de leur cruel trépas!

Mais non... déja votre furie
A moissonné ces tendres fleurs!
Malesherbes jusqu'à la lie
A bu la coupe des douleurs.
Il a vu sous ses yeux encore
Chateaubriand, à son aurore,
Frappé par l'homicide acier;
Et lui-même, dont la paupière
Devait se fermer la première,
Ne peut mourir que le dernier!

Pourquoi différer davantage
Le coup trop long-temps attendu?
Monstres, achevez votre ouvrage....
Malesherbes a tout perdu.
C'en est fait!... le glaive rapide
Atteint le vieillard intrépide....
Il rejoint enfin ses enfans!
Et, loin de vos regards profanes,
Le grand Louis reçoit ses mânes,
De vous, de la mort triomphans.

Roi, ministre, ombres immortelles!
Vous êtes unis à jamais;
Dans les demeures éternelles
Goûtez une éternelle paix!
Dieu confirme votre espérance:
Le bonheur au sein de la France
Avec ses rois est de retour;
Et les tyrans qu'elle déteste
De leur oppression funeste
Ont payé le prix tour à tour.

J'ai chanté cet heureux empire
Des Bourbons rendus à nos bords,
Et peut-être à ma jeune lyre
Vous daignâtes sourire alors.
Ah! puissiez-vous encore entendre
La muse qui vient de répandre
Des larmes sur vos maux touchans,
Et puisse la race future,
Par leur douloureuse peinture,
S'attendrir encore à ses chants!

NOTES.

(1) La Cour des aides.

(2) Les célèbres *Remontrances* du 18 février 1771.

(3) L'appel au peuple.

www.ingramcontent.com/pod-product-compliance
Ingram Content Group UK Ltd.
Pitfield, Milton Keynes, MK11 3LW, UK
UKHW012134240726
13965UKWH00005B/2167

9 782013 271462